Alain M. B

Mission poisson

Illustrations
de Geneviève Couture

la courte échelle

Les éditions de la courte échelle inc.
5243, boul. Saint-Laurent
Montréal (Québec) H2T 1S4
www.courteechelle.com

Révision:
Sophie Sainte-Marie

Conception graphique:
Elastik

Mise en pages:
Sara Dagenais

Dépôt légal, 2ᵉ trimestre 2008
Bibliothèque nationale du Québec

La courte échelle reconnaît l'aide financière du gouvernement du Canada par l'entremise du Programme d'aide au développement de l'industrie de l'édition pour ses activités d'édition. La courte échelle est aussi inscrite au programme de subvention globale du Conseil des Arts du Canada et reçoit l'appui du gouvernement du Québec par l'intermédiaire de la SODEC.

La courte échelle bénéficie également du Programme de crédit d'impôt pour l'édition de livres — Gestion SODEC — du gouvernement du Québec.

Catalogage avant publication de Bibliothèque et Archives Canada

Bergeron, Alain M.

   Mission poisson

   (Mon Roman; MR39)

   ISBN 978-2-89021-936-6

   I. Couture, Geneviève. II. Titre. III. Collection

   PS8553.E674M58 2007   jC843'.54   C2007-940424-3
   PS9553.E674M58 2007

Imprimé au Canada

Alain M. Bergeron

Alain M. Bergeron habite Victoriaville. Il est l'auteur de presque quatre-vingts livres pour les jeunes. Il écrit parce qu'il adore raconter des histoires, et l'une de ses grandes joies est d'être lu par de jeunes lecteurs. Alain M. Bergeron avoue être plutôt maladroit en bricolage. C'est peut-être ce qui lui a inspiré le personnage du papa d'Alex dans cette série!

Geneviève Couture

Geneviève Couture a étudié en arts plastiques et en graphisme. Aujourd'hui, elle est illustratrice, et on a pu voir ses illustrations dans des dessins animés et des vidéos. Geneviève aime énormément les animaux. Elle a d'ailleurs trois chiens, un chat, un iguane, une tortue et des poissons!

Alain M. Bergeron

Mission poisson

Illustrations
de Geneviève Couture

la courte échelle

*À la mémoire de Queue-de-voile,
notre poisson parti trop tôt de la maison,
dans la cuvette des toilettes.*

1

— Alex, j'ai une devinette pour toi! m'a annoncé ma sœur Élizabeth en surgissant dans ma chambre.

— Tu n'as pas vu l'écriteau sur la porte: «Cognez avant d'entrer»? ai-je riposté.

— Je ne sais pas lire, moi! Je n'ai même pas cinq ans.

Elle est sortie de la pièce pour aussitôt revenir sans attendre ma permission.

— Oups! J'ai oublié de frapper, a-t-elle pouffé.

Elle s'est exécutée sur le mur.

— Il y a quelqu'un?

Impossible de lui résister!

— Et cette devinette? l'ai-je relancée.

Élizabeth a alors enchaîné :

— Qu'est-ce qui est rouge – c'est plus orange que rouge –, qui ferme et qui ouvre la bouche comme ça, qui est muet…

Facile. Mais il n'y avait pas urgence. Je ne voulais pas gâcher son plaisir… ni le mien de la voir mimer l'animal en question. C'est qu'elle y mettait beaucoup de cœur !

Les yeux au plafond, je réfléchissais à voix haute.

— Voyons… Un kangourou ?

— Nooooooooon !

— Un ouaouaron ?

— Non ! Pas Wawa !

Ma sœur a repris son mouvement de la bouche. Puis elle l'a accompagné de battements de bras.

— Je le sais ! Un homme-grenouille !

Elle a tapé du pied. Je la sentais bouillir d'impatience. Elle serait bientôt à point.

— Pas du tout ! Est-ce que tu donnes ta langue au chat ?

Je lui ai souri. En ma qualité de grand frère, j'aime la laisser gagner… parfois.

— C'est un *POU-A-SSON* !

— Ah ! un *POI-SSON* !

— Oui, c'est ça : un *pou-a-sson* ! Nous allons avoir un… poisson, comme tu dis.

Là, j'étais étonné. Mes parents n'ont jamais été favorables à la présence d'animaux sous notre toit. J'en ai avisé Élizabeth.

— Tu n'y comprends rien. C'est le poisson rouge de Marylie.

Elle m'a expliqué que sa meilleure amie partait en vacances pendant quelques jours avec ses parents. Elle avait besoin de quelqu'un pour prendre soin de son poisson rouge.

Mon père, d'un pas rapide, est venu nous rejoindre.

— Élizabeth! C'est quoi cette histoire de poisson? Marylie est ici, elle a un bocal et…

Ma sœur s'est précipitée hors de la pièce pour retrouver son amie. Marylie était accompagnée de ses parents. À voir leur mine et celle de mon père, nous avons tout compris. Marylie et Élizabeth n'avaient glissé mot à personne de leur projet. Tous se trouvaient devant le fait accompli.

Le père de Marylie a consulté sa montre. Sur un ton sévère, il s'est adressé à sa fille.

— Tu n'avais pas vraiment eu la permission d'apporter ton poisson ici, hein? On le laissera chez nous.

— Non, papa! Il va mourir de faim ou de soif!

Puis elle a levé ses yeux embués de larmes vers… mon père. Bonne stratégie. C'était à ce dernier qu'appartenait la décision.

Élizabeth a participé à la discussion.

— Mon papounet d'amour, je pourrai m'en occuper! Tu ne le remarqueras pas, je te le jure! S'il te plaît! S'il te plaît!

Elle l'implorait maintenant les mains jointes, à genoux. À son tour, Marylie est entrée dans le jeu:

— Oui, papounet de ma meilleure amie! S'il te plaît!

— Un peu de dignité, a soupiré papa

en entendant cette surenchère de sup-
plications.

Ma mère, qui avait passé l'après-
midi à jouer au golf, est arrivée sur les en-
trefaites. Mon père lui a résumé
la situation. L'air malheureux
des deux fillettes l'a atten-
drie.

— Tu promets de t'en charger, Élizabeth ? a-t-elle demandé. C'est une grosse responsabilité, tu sais.

— Promis ! Promis ! Promis !

Ma mère a consulté mon père. Ils sont ensemble depuis si longtemps que les mots ne sont pas nécessaires. Il a haussé les épaules, puis a abdiqué.

— Tant que ça ne vole pas, ne saute pas ou ne perd pas son poil.

Ses dernières mésaventures ont été causées par un oisillon, un papillon et un ouaouaron. Mon père n'en garde pas de très bons souvenirs…

Marylie, elle, était tellement contente qu'elle a bondi de joie.

— Nooooooooooooon ! a hurlé son père.

Trop tard. À peine ses pieds avaient-ils quitté le sol qu'il y a eu un effet de ressac dans le bocal. Plouf ! Une petite flaque s'est formée dans le salon.

— Désolée, s'est excusée Marylie.

Élizabeth a examiné l'intérieur du bocal.

— Où est ton poisson ?

Paniquée, son amie a constaté qu'il n'y était plus.

— Là ! ai-je signalé en montrant les pieds de mon père.

Il s'est penché en même temps que ma mère pour le ramasser…

À croire qu'ils étaient synchronisés. Cloc !

Leurs têtes se sont cognées. Tandis que mes parents tombaient, le poisson n'en finissait plus de se trémousser sur le plancher.

De mes deux mains, je l'ai happé en vitesse.

— Hop !

J'ai déposé le poisson dans le bocal où il restait suffisamment d'eau pour lui permettre de respirer et de nager.

— Je reviens le chercher dans quatre mois, a annoncé Marylie.

— Quoi ? s'est énervé mon père en se relevant et en se frottant la tête.

— Pas dans quatre mois, Marylie, a corrigé sa mère. Dans quatre jours !

C'est ainsi qu'a commencé notre mission poisson.

2

— La prochaine fois, ma petite carpe, il faut nous informer de tes projets, a prévenu mon père.

— J'étais certaine que tu accepterais, mon papounet d'amour, a rétorqué Élizabeth.

Le bocal a été placé sur la commode de la chambre de ma sœur. Le poisson rouge nageait en toute quiétude dans son espace.

— Bienvenue chez toi, René ! a lancé Élizabeth au poisson, en collant son nez contre la vitre.

— Le poisson s'appelle René ? a demandé ma mère.

Ma sœur a la manie de nommer les

animaux ou les insectes qui sont de passage à la maison.

René, c'est le prénom de l'un des frères de ma mère. Il a de grands yeux exorbités qui ressemblent à ceux d'un poisson.

Là s'arrêtait la comparaison, car mon oncle René coulait comme une pierre dans une piscine. Malgré ses battements de bras, il ne parvenait qu'à avancer… vers le fond.

À entendre le nom de René, et à imaginer ce qu'il pouvait évoquer, mon père a retrouvé sa bonne humeur coutumière :

— Alex, sais-tu à quelle fréquence il faut nourrir René ?

— Une fois par jour, papa, ai-je estimé après avoir fouillé dans ma mémoire.

— Pour boire aussi ? a ajouté Élizabeth.

— Euh ! non. Il est dans l'eau…

— Beurk ! Es-tu sûr, Alex ? Il boit l'eau dans laquelle il nage ? a grimacé ma sœur.

— Tu fais la même chose ! Tu bois l'eau de ton bain.

Elle s'est raidie.

— Tu sauras que maman avait utilisé le savon pour me laver. L'eau était propre !

Nous étions là, les quatre membres de la famille, à regarder évoluer le poisson dans son bocal.

Quelqu'un a cogné à la porte. Notre voisin, M. Gagnon, revenait de son voyage de pêche et nous apportait quelques prises.

— Tiens, Michou, c'est pour toi.

M. Gagnon a «emprunté» à ma mère ce surnom affectueux qu'elle donne à mon père.

— Ah! oui. Tu me devais bien ça, a ricané papa. Tu as attrapé tes poissons avec des vers volés sur MA pelouse.

Élizabeth s'est mise à crier lorsqu'elle a découvert les prises accrochées à une corde.

— Aaaah! René ne doit pas voir ça.

Notre voisin a paru surpris.

— Ton beau-frère est venu se baigner, Michou?

Mon père a réprimé un sourire.

— René, c'est le nom du poisson que l'on héberge pour quelques jours. Le bocal est dans la chambre d'Éliza-beth.

M. Gagnon a compris la situation. Il a remis d'une manière discrète les poissons à ma mère.

Il était tard en soirée. Je lisais une bande dessinée lorsqu'un cri perçant a fusé de la chambre d'Élizabeth. Avait-elle été mordue par le poisson ? Et si René était mort ? Ce serait épouvantable !

Rendu dans la pièce, j'ai constaté mon erreur. Il était loin d'être mort. Il gigotait… sur le tapis !

Mes parents, alertés par le cri de leur fille, sont arrivés en renfort.

— Il… il a sauté du bocal ! a balbutié Élizabeth tout en désignant René.

Ma mère a incité mon père à s'emparer du poisson qui remuait moins.

— J'y vais ! ai-je tranché devant son hésitation.

J'ai agi avec précaution pour ne pas briser les délicates nageoires du poisson.

— Hop !

Voilà ! Je l'ai remis dans son bocal, sur la commode. Il a agité la queue en guise de remerciement.

— Tu voulais qu'il prenne l'air ? ai-je demandé à ma

sœur sur un ton de reproche.

— Non ! J'étais en train de jouer avec ma poupée Flanelle. Et René a sauté hors de l'eau. Une chance qu'il a atterri sur le tapis, sinon il aurait pu s'assommer...

Devant notre mine perplexe, elle a explosé :

— C'EST VRAI !

Et elle a éclaté en sanglots.

Ma mère s'est approchée d'elle. Elle s'est penchée. De ses bras, elle a enveloppé tendrement sa fille.

— Hum ! tu sens bon, maman, a dit ma sœur entre deux reniflements.

— Peut-être que le poisson a tenté de rejoindre ton amie parce qu'il s'ennuyait trop ? ai-je risqué.

Élizabeth m'a tiré la langue.

— Mais non ! J'ai mis la photo de Marylie dans un cadre près du bocal.

Mon père allait ajouter son grain de sel lorsque nous avons vu quelque chose

voler dans la chambre. Et la chose a atterri… dans le cou de ma mère !

Un coup d'œil au bocal, désormais
vide, m'a suffi pour conclure que ma
sœur n'avait pas menti. Le poisson avait
bondi hors de l'eau !

Il devait se tortiller sous le pyjama
de ma mère. Elle se déhanchait pour es-
sayer de se débarrasser de l'intrus. Elle
ressemblait à une danseuse du ventre qui
se dandine sur une musique imaginaire.

Ignorant où était
René, mon père a jeté
un coup d'œil dans le

pantalon de pyjama de ma mère. Le poisson a profité de cette brèche pour continuer sa descente aux enfers.

Ma mère s'est mise à crier et à agiter les jambes. De l'extérieur, la scène devait être curieuse à contempler. Les rideaux de la fenêtre n'étaient pas fermés et la lumière était allumée.

Notre voisin, M. Gagnon, recueillait des vers de terre sur notre pelouse humide malgré l'heure tardive. Il était aux premières loges pour assister à l'étrange spectacle. Ses éclats de rire parvenaient jusqu'à nous.

Puis le ballet frénétique de ma mère s'est calmé. Essoufflée, elle a aperçu René sur le plancher. Le poisson rouge, qui pataugeait dans les poils du tapis, ressemblait maintenant à un poisson-chat !

— Je vous l'avais dit ! Ce n'était pas ma faute ! Vous ne me croyez jamais ! a lancé Élizabeth.

J'ai saisi René par la queue pour le remettre à l'eau. Ma mère a fermé les rideaux pour ne plus s'exposer aux regards indiscrets du voisinage. Elle a esquissé une grimace lorsque M. Gagnon a chanté haut et fort un air de rock and roll.

D'un ton sec, elle m'a ordonné de lui prêter ma bande dessinée. Elle l'a placée sur le dessus du bocal. L'œil mauvais, elle a averti René :

— Défense de sortir de là !

4

Cette chaude nuit d'été n'a été perturbée que par deux retentissants coups de tonnerre, suivis d'un cri d'Élizabeth. Elle n'avait pas peur de l'orage. Elle pensait plutôt que René était mort.

— Il a les yeux grands ouverts et il ne bouge plus !

— S'il était mort, il flotterait sur le dos, lui ai-je indiqué.

— René dort, a marmonné ma mère en bâillant.

— Il dort les yeux ouverts ? Comme Mamie ? a demandé ma sœur.

Rassurée, Élizabeth a cogné sur le bocal pour réveiller René. Enfin, nous avons pu regagner nos lits pour une fin de nuit paisible.

***

Malgré la présence du poisson de Marylie, nous n'allions pas nous priver d'une sortie en famille. Mes parents avaient prévu nous emmener à l'Aquarium et ils n'avaient pas l'intention de déroger à leur plan.

— René va s'ennuyer, tout seul ! a plaidé ma sœur. Il pourrait venir avec nous…

— Le tarif familial pour visiter l'Aquarium est pour deux adultes et deux enfants, a raisonné mon père. Pas pour deux adultes, deux enfants et un poisson rouge !

— René aurait besoin d'un billet pour entrer et d'un autre pour sortir ! ai-je raconté. Sans compter que certains pourraient croire qu'on l'a volé…

L'argument a vaincu la dernière résistance d'Élizabeth.

Avant de partir, ma mère a eu l'heureuse initiative de nettoyer le bocal dont l'eau était trouble.

En deux temps, trois mouvements, ma mère a lavé de fond en comble le petit filtre. Il était tout encrassé de nourriture et des excréments de René.

Elle a remis le filtre en marche, après avoir rempli le bocal d'eau fraîche. Ensuite, elle a donné à René un soupçon de nourriture – parce que les poissons

ont un appétit d'oiseau. Enfin, nous nous sommes mis en route pour l'Aquarium.

Une demi-heure plus tard, un doute s'est installé dans notre esprit. Avait-on remis la bande dessinée sur le bocal pour empêcher René de répéter son plongeon de la mort ?

Pour éviter une tragédie, nous avons rebroussé chemin. À la maison, nous avons remarqué que le livre était toujours en place.

L'âme en paix, nous nous sommes dirigés vers l'Aquarium où nous avons pu nous changer les idées...

En rentrant à la maison, Élizabeth s'est élancée dans sa chambre pour aller saluer le poisson. Elle a poussé un cri :

— Aaaah ! René a disparu !

5

Élizabeth avait raison : on ne voyait plus René dans son bocal. Mystère ! La bande dessinée n'avait même pas été déplacée.

— René ! René ! a appelé ma sœur en explorant le dessous de son lit.

Comme si le poisson allait sortir de sa cachette parce que sa nouvelle maîtresse le réclamait… Toutefois, il n'y avait pas plus de trace de René sous le lit que sur le plancher. Mon père a regardé distraitement dans le bocal.

— René n'a pas laissé de note « De retour dans cinq minutes » ?

— Très drôle, a répliqué ma mère en jetant un coup d'œil elle aussi. Mais… il est là, René !

— Où ça ? a crié ma sœur.

Le pauvre René était piégé sous le filtre ; il y avait été aspiré.

En hâte, mon père a débranché l'appareil pour qu'il cesse de fonctionner.

J'ai plongé la main dans l'eau pour libérer le poisson. J'ai poussé dessus du bout des doigts. René a suivi le mouvement. Il a remonté… très lentement. Nous avons retenu notre souffle.

Une fois à la surface, il s'est retourné sur le dos. Il a flotté dans cette position pendant de longues secondes qui sont devenues de longues minutes…

— Il fait la planche, non ? s'est inquiétée ma sœur.

Mon père et ma mère ont entouré Élizabeth. D'une voix douce, ma mère lui a expliqué :

— Je crois que René est parti rejoindre le paradis des poissons rouges…

— Il est m… mort ? a bégayé Élizabeth.

Une longue plainte a suivi, entrecoupée de sanglots déchirants.

— Qu'est-ce que je vais dire à Maryliiiiiiiiiiiiiiiiiiiiiiiiiiie ?

Touché, j'ai voulu la consoler.

— René était pas mal âgé. Il devait avoir au moins trois ans. Pour un poisson, ça équivaut à plus de quatre-vingts ans…

Mon père a continué:

— Oui, ma puce. C'est plus vieux que Mamie, ça…

La solution est venue de ma mère.

— Tu sais, il n'y a rien qui ressemble plus à un poisson rouge qu'un poisson rouge…

Ma sœur essayait de comprendre.

— C'est simple: on va jouer un tour à ton amie Marylie. On remplacera René par un autre poisson rouge. Papa ira en chercher un.

L'idée était géniale. Mais que faire du poisson mort? L'empailler? L'enterrer? L'envoyer dans les toilettes?

Ma mère l'a finalement déposé dans un sac de plastique et me l'a tendu.

— Ça vous permettra de reconnaître son frère jumeau…

***

Il fallait se dépêcher. Nous sommes arrivés à l'animalerie juste avant la fermeture. Mon père n'a pas eu à insister pour convaincre l'employée de nous aider.

Je lui ai montré René, dans le sac qui lui servait de cercueil. Elle l'a observé, puis s'est rendue à un aquarium où nageait une armée de poissons rouges.

De son œil d'experte, elle a repéré la copie con-

forme de notre défunt René. Elle l'a re-
pêché habilement à l'aide d'une épui-
sette.

— Voilà ! a-t-elle dit en nous le remet-
tant dans un sac presque rempli d'eau.

J'ai comparé les deux poissons.
Identiques.

L'employée a confirmé que si René
avait été aspiré par le filtre, c'est qu'il
était déjà très faible, malade ou vieux.
Le nouveau René paraissait vigoureux
en dépit de l'espace restreint où il se
trouvait.

Oui. Marylie n'y verrait que du
feu...

6

Marylie est venue chercher son poisson deux jours plus tard. Dans la chambre de ma sœur, les retrouvailles des deux meilleures amies ont été joyeuses et bruyantes.

Marylie avait une surprise pour ma sœur. Elle voulait la remercier d'avoir si bien traité son poisson… Si Élizabeth est devenue rouge comme le deuxième René, elle est parvenue à tenir sa langue. Son amie lui a apporté… un poisson noir! Il était deux fois plus gros que l'autre.

— Son nom, c'est Gontrand, a souligné Marylie.

— Je n'ai pas de bocal, s'est lamentée Élizabeth.

— Ce n'est pas grave, a répondu son amie. Gontrand pourra demeurer avec René…

Le pauvre Gontrand semblait à l'étroit dans son sac de plastique.

— Ils pourraient faire connaissance, a suggéré ma sœur en désignant René dans le bocal.

— Bonne idée! a approuvé son amie.

Marylie a déposé le gros poisson noir dans l'eau. René s'est avancé vers le nouveau visiteur.

Les deux poissons étaient nez à nez…

enfin, bouche à bouche. Immobiles, ils s'étudiaient.

Tout s'est déroulé en l'espace d'un éclair.

Gontrand a ouvert la bouche et, d'un mouvement vif, a avalé René tout rond!

Une seconde, ils étaient deux. L'instant d'après, il ne restait plus que le gros poisson noir.

La réaction de Marylie et d'Élizabeth ne s'est pas fait attendre.

— Aaaah!

Catastrophée, ma sœur s'est tournée vers mes parents.

— Est-ce qu'on peut encore jouer un tour à Marylie et lui acheter un autre poisson rouge ?

Table des matières

FS+
JF
$10.

Achevé d'imprimer en mai 2008
sur papier 100% post-consommation,
sur les presses de l'imprimerie Gauvin,
Gatineau, Québec